黃帝大戰蚩尤（下）

在成長數字教育開發團隊 編繪

全書錄音

中華教育

山谷外，沉思良久的黃帝對靈賢、靈盼說：「聽聞你們治水時與應龍有過交集，能否請牠到冀州原野助我一臂之力？」

靈賢、靈盼答：「沒問題，我們這就讓玄鳥傳信，請應龍前來。」

收到消息的應龍憤怒不已：「天下百姓的安寧，我也有份守護，怎能容他人破壞！我這就出發，看我如何收拾蚩尤那傢伙！」

應龍口中蓄滿水，飛至兩軍對陣的上空，居高臨下地向蚩尤陣中噴水。剎那間，江河般的水流傾瀉而下，蚩尤毫無防備，被沖得人仰馬翻。他氣得暴跳如雷，臉上肌肉扭曲，雙眼通紅地死死盯着應龍，心中滿是不甘與憤怒。

蚩尤不甘示弱，急忙命風伯、雨師上陣：「風伯、雨師，快給我上！別讓應龍得意！」風伯站在雲端，深吸一口氣再呼出，瞬間颳起漫天狂風，將應龍噴的水全部捲走，在空中形成了一道巨大的水龍捲。

雨伯也緊接着施展神威，跟着「轟隆隆」打雷，空中頓時烏雲密佈，暴雨傾盆，狂風暴雨直撲黃帝陣中。

黃帝望着被狂風暴雨肆虐的軍隊，焦急萬分，突然眼睛一亮，趕忙把靈賢和靈盼叫來，大聲說：「我想到啦！系昆山有個天女魃，她身着青色衣服，擁有收雲息雨的神力。你們快去請她來幫忙！」

靈賢和靈盼騎着乘黃，馬不停蹄地趕往系昆山。他們一路翻山越嶺，歷經艱辛，終於見到了女魃。

二人滿懷誠意，向女魃詳述黃帝的困境與戰事的危急，還獻上在休與山收集的寶物：「這是我們在休與山摘的帝台之棋，吃了能抵禦毒熱。您常年身處乾旱之地，肯定用得上。」

女魃聽聞此情形，決心參戰，解黃帝風雨之困。她說：「我跟你們去，絕不能讓黃帝的軍隊被欺負！」

女魃與靈賢、靈盼一同迅速趕回黃帝陣中。此時，戰場上局勢依舊膠着，狂風呼嘯，飛沙走石，地上全是泥漿。

女魃皺皺眉頭說：「這風伯、雨師太過分了，看我如何收拾他們！」

女魃踏入戰場，周身散發熾熱光芒。強光所到之處，水汽瞬間消散。她目光鎖定風伯、雨師，抬手聚起滾燙烈焰射向風伯。風伯連忙用風捲着沙石抵擋，一邊擋，一邊喊：「哼，這點火焰可傷不了我！」可女魃的烈焰威力驚人，瞬間穿透狂風擊中他。風伯慘叫一聲，狂風頓時減弱。

雨師見狀大驚，急忙加大法力。

女魃不慌不忙，使周身温度急劇攀升，腳下土地乾裂。熱浪滾滾衝向高空，與雨水劇烈碰撞。雲霧蒸騰，發出劈哩啪啦的聲響。雨師的法力在女魃的高温攻勢下逐漸瓦解，雨水也漸漸停歇了。

黃帝的軍隊在女魃的幫助下，士氣高漲，如洶湧浪潮般向蚩尤部落發起總攻：「衝啊，打敗蚩尤！」蚩尤雖奮力抵抗，但已無力回天。他的軍隊節節敗退。眼見局勢徹底失控，蚩尤心有不甘，帶着殘兵敗將，朝着南方荒野狼狽逃竄。

黃帝深知蚩尤生性殘暴，若不徹底剷除，必將後患無窮。他說：「絕不能讓蚩尤跑掉，不然以後還會來搗亂的。追！」於是，他親自率領精銳部隊，在漫天塵土中緊追不捨。

一路上，黃帝的軍隊翻山越嶺，跨越湍急河流，不放過任何蛛絲馬跡。終於，在涿鹿之野的一處山谷中追上了蚩尤。

蚩尤雖陷入絕境，但仍負隅頑抗，施展出渾身解數。「黃帝，今天你別想輕易打敗我！」

黃帝並沒有急於發動攻擊，而是觀察着蚩尤的一舉一動。他發現蚩尤雖然表面強硬，但眼神中透露出一絲慌亂。黃帝心生一計，他故意示弱，讓軍隊佯裝後退。他心想：「哼，蚩尤，看我怎麼引你上鈎！」

蚩尤見狀，以為黃帝膽怯，便率領殘軍追了上來。當蚩尤進入黃帝預先設下的包圍圈後，黃帝一聲令下，伏兵四起。

「不好，中了黃帝的計！」此時蚩尤才意識到這是黃帝設下的陷阱，但為時已晚。

蚩尤試圖突圍，可黃帝的軍隊將他團團圍住，密不透風。在激烈的交鋒中，黃帝巧妙地利用地形和戰術，逐漸消耗着蚩尤的力氣。「蚩尤，別白費力氣了，投降吧。」

「做夢！」蚩尤雖勇猛，但寡不敵眾，身上也多處受傷。

最終，黃帝瞄準時機，一劍刺向蚩尤，結束了這場曠日持久的戰爭，取得了勝利。

女魃在這場戰鬥中，因連續施展強大法力，體內神力消耗過度，再也無法像從前那樣輕盈地返回天上的仙宮。她所到之處，土地變得乾旱燥熱，莊稼無法生長，百姓生活困苦。

叔均將這一情況報告給了黃帝，黃帝既感激又愧疚：「女魃幫了我們大忙，把她安置在赤水北邊吧。叔均，你就當管理田地的官，想辦法解決乾旱的問題。」

戰勝蚩尤後，黃帝的威望在部落聯盟中達到前所未有的高度。各部落紛紛前來歸附，尊黃帝為天子。

黃帝開始着手建立一個龐大而有序的部落聯盟。他命倉頡創造文字，用於記錄事務、傳承文化；教導百姓種植五穀，發展農業生產；還制定禮儀規範，讓人們懂得相互尊重、和諧共處。在黃帝的領導下，部落聯盟逐漸繁榮昌盛，開啟了華夏文明的新篇章。

靈賢和靈盼見證了這一切，他們深知自己在這場歷史變革中發揮了微小卻重要的作用。如今，天下初定，他們決定告別黃帝，繼續踏上新的旅程。

他們騎着乘黃，帶着玄鳥，向着遠方出發，去探索更多未知的世界，守護更多需要幫助的人們。他們在山海經中冒險中的經歷，也將成為一段傳奇，激勵着後人勇敢面對困難，追求正義與和平 。

動力種子 Magic Bean

沉浸閱讀

多元化內容

主題涵蓋中國傳統文化、歷史、個人成長，內容應有盡有

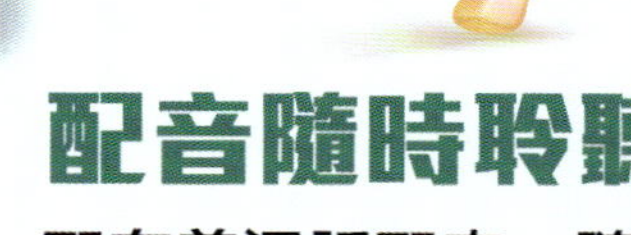

配音隨時聆聽

配有普通話配音，隨時想聽就聽

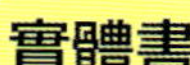

實體書

電子版

精美圖畫細節滿滿

電子版獨有更寬、更大構圖，呈現更多細節

一個為兒童創作繪本，提供繪本閱讀和創作功能的電子平台。每年更新大量優質繪本，提供有趣的繪本互動功能，更具備獨創繪本「創讀」工具，讓兒童隨時閱讀、隨時創作，激發兒童的閱讀興趣和創造能力。

長圖拖動變化

任意拖動人物互動

豐富閱讀體驗，
讓孩子養成閱讀習慣！

發揮創意

改編、創作兩大模式

配音功能

故事人物個性配音，發掘聲音演繹天賦

創作功能

天馬行空隨意畫，激發孩子想像力

發揮孩子奇思妙想，
深入創造人物，改編精彩故事！

書友交流

分享討論繪本心得

查看好友閱讀動態

分享閱讀樂趣，
知己共同創讀！

山海經數字幻旅 ⑩

黃帝大戰蚩尤(下)

在成長數字教育開發團隊　編繪

總策劃　楊江波　周建華
教育顧問　謝錫金　沈雪明
文案設計　王思琪　吳　非　張如婷　李曼琳
插畫設計　王　倩　劉　瑩　顧啟航
配樂創作　楊若辰
技術開發　臧明正　馬一凱　張軍成　劉　爽　祁自豪
地圖繪製　張相偉

責任編輯：潘沛雯
裝幀設計：在成長數字教育開發團隊
排　　版：在成長數字教育開發團隊
印　　務：劉漢舉

出版 | 中華教育
香港北角英皇道499號北角工業大廈1樓B
電話：(852) 2137 2338 傳真：(852) 2713 8202
電子郵件：info@chunghwabook.com.hk
網址：http://www.chunghwabook.com.hk

發行 | 香港聯合書刊物流有限公司
香港新界荃灣德士古道220-248號 荃灣工業中心16樓
電話：（852）2150 2100　傳真：（852）2407 3062
電子郵件：info@suplogistics.com.hk

版次 | 2025年7月第1版第1次印刷

規格 | 16開（244mm x 215mm）

ISBN | 978-988-8914-33-3